HARRY und PLATTE

DER FLUCH DES LEUCHTTURMS

Text: Tillieux   Zeichnung: Will

Carlsen Verlag

CARLSEN COMICS
Lektorat: Andreas C. Knigge
1. Auflage 1989
© Carlsen Verlag GmbH · Reinbek bei Hamburg 1989
Aus dem Französischen von Peter Müller
LE ROC MAUDIT
Copyright © 1978 by Will and Editions Dupuis, Charleroi
Lettering: Klaus D. Baedermann
Alle deutschen Rechte vorbehalten
07038901 · ISBN 3-551-71683-8

HARRY UND PLATTE HABEN EINE WOCHE IN LONDON BEI IHREM ALTEN FREUND INSPEKTOR FOSTER VERBRACHT...
WANN GEHT DIE FÄHRE ?
ERST HEUTE NACHMITTAG! WIR HABEN NOCH GENUG ZEIT, UM NACH DOVER ZU KOMMEN!
LODGE PLUGS
JEWELLERY
PSCHH
BLAM
KLIRR
KLIRR
WILL

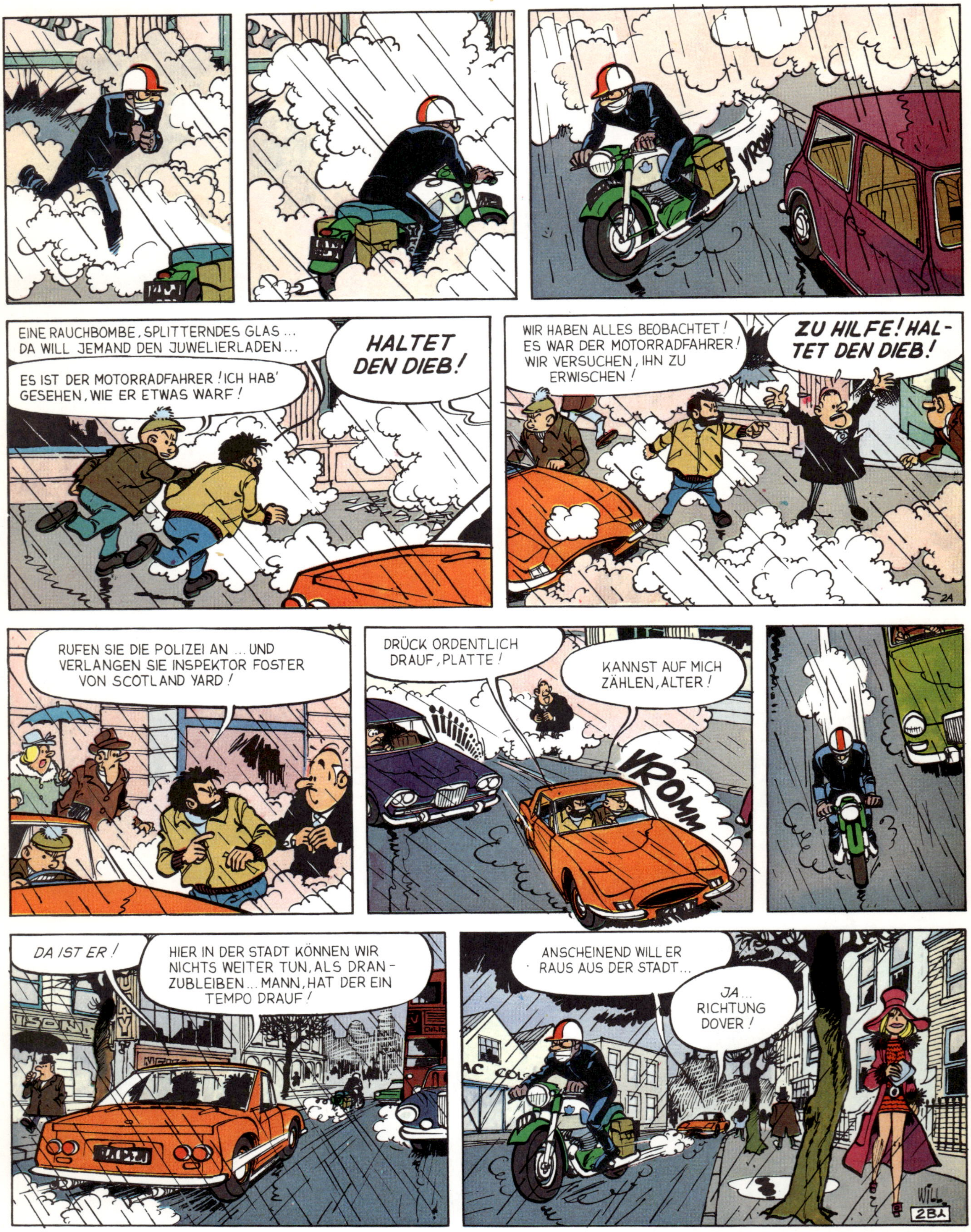
VROMM
EINE RAUCHBOMBE, SPLITTERNDES GLAS ... DA WILL JEMAND DEN JUWELIERLADEN ...
ES IST DER MOTORRADFAHRER ! ICH HAB' GESEHEN, WIE ER ETWAS WARF !
HALTET DEN DIEB !
WIR HABEN ALLES BEOBACHTET ! ES WAR DER MOTORRADFAHRER ! WIR VERSUCHEN, IHN ZU ERWISCHEN !
ZU HILFE ! HALTET DEN DIEB !
RUFEN SIE DIE POLIZEI AN ... UND VERLANGEN SIE INSPEKTOR FOSTER VON SCOTLAND YARD !
DRÜCK ORDENTLICH DRAUF, PLATTE !
KANNST AUF MICH ZÄHLEN, ALTER !
VROMM
DA IST ER !
HIER IN DER STADT KÖNNEN WIR NICHTS WEITER TUN, ALS DRANZUBLEIBEN ... MANN, HAT DER EIN TEMPO DRAUF !
ANSCHEINEND WILL ER RAUS AUS DER STADT ...
JA ... RICHTUNG DOVER !

DOVER
LONDON S.E.
MANN ... DIESER RASER !
KEINE BANGE ! DER HÄNGT MICH NICHT AB !
HMM ... DER WAGEN IST IMMER NOCH HINTER MIR ...
NOCH MEHR GAS GEBEN ...
SIE SIND AUCH SCHNELLER GEWORDEN ... NA JA ! WENN SIE WIRKLICH HINTER MIR HER SIND, WERDEN SIE EINE ÜBERRASCHUNG ERLEBEN !
FÜNF MEILEN VOR DOVER VERLÄSST DAS MOTORRAD DIE AUTOBAHN ...
SO WAS ! ER FÄHRT ZUR KÜSTENFUNKSTATION VON HIGHTHILL !
DIREKT AUFS MEER ZU ...
SICHER WEISS ER LÄNGST, DASS WIR IHM FOLGEN ...
ABER WENN WIR WEITER ZURÜCKBLEIBEN, UM IHN IN SICHERHEIT ZU WIEGEN, ENTKOMMT ER UNS !
VROMM
WO ... WO WILL ER DENN JETZT HIN ? ER VERLÄSST EINFACH DIE STRASSE UND ...
VROMM

SO... DEN DECKEL VOM TANK AUFSCHRAUBEN...
UND DIE ZÜNDKAPSEL HINEIN...
UND JETZT GEHT'S AUFS GANZE!... DIE IDIOTEN HINTER MIR WERDEN AUGEN MACHEN!
ER... ER MUSS VERRÜCKT SEIN! ER FÄHRT DIREKT IN DEN TOD!
BAOUM
VERSTEHST DU DAS, HARRY?
TJA, EIN VERRÜCKTER ... 'NE ANDERE ERKLÄRUNG HAB' ICH NICHT!

REINER SELBSTMORD ... SICH AUS 30 METERN HÖHE DA RUNTERZUSTÜRZEN ...
WIRKLICH VÖLLIG UNBEGREIFLICH !
AUCH DER FUNKWART VON HIGHT-HILL HAT DAS LICHT DER EXPLO-SION GESEHEN ...
HERR IM HIMMEL ... !
SIEHT FAST SO AUS, ALS OB EIN MOTOR-RAD INS MEER GESTÜRZT WÄRE ... ABER BEI DIESER DUNKELHEIT ... SICHER BIN ICH NICHT ! NA JA, WERD'S TROTZDEM MELDEN !
WIR KÖNNEN NICHTS MEHR TUN ... DER IST BESTIMMT TOT !
ALSO ... FÜR MICH ERGIBT DAS ALLES EINFACH KEI-NEN SINN !
ERST EINEN JUWELIER AUSRÄUMEN UND DANN IN DIESE EINSAME GEGEND FAH-REN, UM SELBSTMORD ZU BEGEHEN !
WIR RUFEN VON DOVER AUS INSPEKTOR FOSTER AN ! DANN KANN ER DAS MOTORRAD RAUSFISCHEN LASSEN UND DIE GANZE GESCHICHTE ZU DEN AKTEN LEGEN ... VON DEM DIEB WIRD MAN WOHL KAUM NOCH WAS FINDEN ...
5A
WÄHRENDDESSEN ...
GLÜCK GEHABT ... ALLES GUTGEGANGEN ! DAS MANÖVER WAR JA NICHT GERADE UNGEFÄHRLICH ...
... ABER ES WAR'S WERT ! JETZT BIN ICH FÜR ALLE WELT TOT ! AN SICH HATTE ICH NUR MIT DEM WÄCHTER DER KÜSTENFUNK-STATION ALS ZEUGEN GERECHNET ...
ABER DIE IDIOTEN, DIE MICH VERFOLGT HABEN, MACHEN DIE SACHE NOCH WASSERDICHTER ... ALS ZUSÄTZLICHE ZEUGEN MEINES TODES !
PAMELA PLYMOUTH
HUNDERTTAUSEND PFUND IN DIA-MANTEN ... DIE SCHÖNSTEN DIAMAN-TEN VON JUWELIER GARDY, DIE ER FÜR EINE SONDERAUSSTELLUNG INS SCHAUFENSTER GEPACKT HAT ...
PAMELA PLYM
WILL
5B

ACH, IHR KLEINEN, HOCHKARÄTIGEN LIEBLINGE! JETZT TU' ICH EUCH IN DEN TRESOR, ZIEH' MICH UM... UND DANN AB NACH SPANIEN - ZU EINEM LEBEN IN REICHTUM!
PAMELA - PLYMOUTH
DIE POLIZEI BIRGT DAS MOTORRAD, UND DER DIEBSTAHL BEI JUWELIER GARDY KOMMT ZU DEN AKTEN... WEIL MAN DEN DIEB FÜR TOT HÄLT, WIRD NICHT WEITER NACHGEFORSCHT... DER MANN HAT SEIN ZIEL ERREICHT...
SL 4
KAUM SIND HARRY UND PLATTE WIEDER ZU HAUSE, WERDEN SIE SCHON NACH HERINGSWERDER GERUFEN... INGENIEUR BARTOLDI VOM LEUCHTTURM- UND BOJENDIENST BRAUCHT IHRE HILFE...
KAUM AUS DEM URLAUB ZURÜCK, UND SCHON WIEDER ARBEITEN...
SCHEINT SICH JA UM EINE MYSTERIÖSE SACHE ZU HANDELN!
LEUCHTTURM- U. BOJENDIENST
WENIG SPÄTER HABEN HARRY UND PLATTE IHRE BESPRECHUNG IM BÜRO VON BERTHOLD BARTOLDI, DEM LEITER DES LEUCHTTURM- UND BOJENDIENSTES...
ICH BIN IHNEN SEHR DANKBAR, DASS SIE GEKOMMEN SIND!
DER FALL INTERESSIERT UNS! DAS WICHTIGSTE KONNTEN WIR JA SCHON DER PRESSE ENTNEHMEN...
DIE PRESSE ... NA JA! ABER GUT!... ICH FANGE AM BESTEN MIT DEM ANFANG AN... ALSO, ES GEHT UM DEN LEUCHTTURM VON SCHWENESAND...
HIER EIN MODELL! EINER DER LETZTEN LEUCHTTÜRME, DIE NOCH MIT PETROLEUM BETRIEBEN WURDEN...
VOR ETWA ZEHN JAHREN WURDE ER AUF STROM UMGESTELLT!
ICH NEHME AN, ES IST EIN RECHT WICHTIGER LEUCHTTURM?
OH JA! EIN SEHR WICHTIGER SOGAR!
WILL

DESWEGEN HABEN WIR AUCH ZWEI LEUTE, DIE IHN BE-TREIBEN!
DIESE BEIDEN LEUCHTTURMWÄRTER WERDEN MONATLICH ABGELÖST! MIT NAHRUNGSMITTELN WERDEN SIE JEDE WOCHE BELIEFERT ... SOWEIT DAS WETTER ES ZULÄSST!
IST ES SO SCHWER, AN DEN LEUCHT-TURM RANZUKOMMEN?
OH JA! IN DER FAHRRINNE VON SCHWENESAND TOBT DAS MEER!
SO HEFTIG, DASS WIR DEN PROVIANT MEISTENS NUR ÜBER EIN FÄHRSEIL HINÜBERSCHICKEN KÖNNEN...
...UND DASS MAN MEIST NUR ÜBER EINEN LADE-MAST DORT LANDEN KANN!
UNSER SCHLEPPER, DIE „VAILLANT" ERLEDIGT DIESE AUFGABEN! VOR EINER WOCHE HIELT DIE „VAILLANT" KURS AUF DEN LEUCHTTURM, UM NEUE LEBENSMITTEL UND DIE ABLÖSEMANN-SCHAFT ZU BRINGEN... GERTIG UND LÜDENSCHEIDT!
DAS IST JA KOMISCH!
VAILLANT
WILL

SONST STEHEN SIE DOCH SCHON IMMER DRAUSSEN UND KÖNNEN'S GAR NICHT ERWARTEN, AN BORD GENOMMEN ZU WERDEN! UND HEUTE... KEINE SPUR VON IHNEN! NICHTS ZU SEHEN!
VIELLEICHT SIND SIE GERADE IN EINE SCHACHPARTIE VERTIEFT!
PAH...! DAS HAT'S DOCH NOCH NIE GEGEBEN!
DA IST WAS FAUL!
GEBEN SIE MAL SIGNAL, KNURRHAHN!
TUUUUUU
ICH HAB'S GLEICH GEWUSST... DA IST WAS FAUL! SIE MÜSSTEN SCHON LÄNGST DRAUSSEN SEIN, UM DAS FÄHRSEIL ZU BETÄTIGEN!
LASSEN SIE DAS BOOT RUNTER, LUFTMOLCH! WIR MÜSSEN ZUM LEUCHTTURM... AUFKLÄREN, WAS DA LOS IST!
JAWOHL, KAPITÄN!
WAS IST DENN PASSIERT, LUFTMOLCH? WARUM WARTEN KRÄMER UND JANSEN NICHT SCHON DRAUSSEN...?
DAS WEISS ICH NICHT... MÜSST IHR DEN CHEF FRAGEN...
ABER WEIL IHR SIE JA ABLÖSEN SOLLT, SEID IHR SOWIESO DIE ERSTEN, DIE ES ERFAHREN!

Panel 1: PASSEN SIE AUF MEIN SCHIFF AUF, LUFTMOLCH...

Panel 2: DIE SACHE IST MIR UNBEGREIFLICH! KRÄMER UND JANSEN SIND DOCH SONST IMMER SO ZUVERLÄSSIG...

Panel 3: GERTIG, SCHAFFEN SIE'S, AN DIE STRICKLEITER RANZUKOMMEN UND DANN DIE WINDE ZU BETÄTIGEN?
VERSUCHEN KANN ICH'S JA!

Panel 4: UNS SO WAS ZUZUMUTEN! DENEN WERD' ICH WAS ERZÄHLEN...

Panel 6: WAS HABEN SIE NUR, DASS SIE NICHT RAUSKOMMEN...?
KEINE AHNUNG! ABER VERLASSEN SIE SICH DRAUF... DIE KRIEGEN WAS ZU HÖREN!

Panel 8: KRRRR

Panel 9: HERR IM HIMMEL!

BEI ALLEN SEETEUFELN!! DAS IST JA...
JANSEN!... AUFGEHÄNGT!
ER... IST SCHON KALT!
UND KRÄMER...? WO IST KRÄMER?
HMM... JA... KRÄMER! WO MAG ER SEIN?
HIMMEL! ER AUCH!
10A
MEIN GOTT...! TOT... BEIDE TOT!
DA IST WAS FAUL! ICH KANNTE DIE BEIDEN... DAS WAREN KEINE TYPEN, DIE SELBSTMORD BEGEHEN! JEMAND HAT SIE UMGEBRACHT!
WIR MÜSSEN DEN GANZEN LEUCHTTURM DURCHSUCHEN... OB SICH HIER IRGENDWO DER MÖRDER VERSTECKT HÄLT!
SIE HABEN RECHT! ALSO AN DIE ARBEIT!
MOMENT NOCH...
10BA

| ? |

DAS HAB' ICH AUF DEM TISCH GEFUNDEN! LESEN SIE MAL!

"WIR HABEN GENUG VON DIESER SCHNÖDEN WELT. WIR WOLLEN SIE GEMEINSAM VERLASSEN." GEZEICHNET: KRÄMER UND JANSEN.

DAS IST TATSÄCHLICH KRÄMERS HANDSCHRIFT, ICH KENNE SIE!

TROTZDEM... DA IST WAS OBERFAUL! DIE BEIDEN UND SELBSTMÖRDER... DAS KANN NICHT SEIN! AUSGESCHLOSSEN!

DAS IST EINE SACHE FÜR DIE POLIZEI! WIR FAHREN ZUM FESTLAND UND ERZÄHLEN DENEN ALLES!

UND... WAS MACHEN WIR MIT DEN LEICHEN?

IST DOCH WOHL KLAR! AM TATORT MUSS ALLES BLEIBEN, WIE ES WAR!

KOMMT NICHT IN FRAGE!

WENN DIE BLEIBEN, SCHIEB' ICH HIER KEINEN DIENST!

BIN VÖLLIG DEINER MEINUNG! HIER KRIEGT MAN JA SCHON OHNE TOTE DAS GRUSELN!

GUT, WIR NEHMEN DIE LEICHEN MIT! DIE POLIZEI WIRD'S VERSTEHEN... SO EINE BLÖDE GESCHICHTE!

?!

BEI ALLEN SEETEUFELN!

EINFACH UNGLAUBLICH!	JANSENS LEICHE... IST WEG!

D...DIE VON KRÄMER AUCH!

? ?

ALSO, MIR LANGT'S JETZT! ICH BLEIBE KEINE SEKUNDE LÄNGER HIER!

ICH AUCH NICHT! WAS HIER VORGEHT, IST GEISTERHAFT... DAMIT WILL ICH NICHTS ZU TUN HABEN!

ABER IHR SEID FÜR DEN DIENST EINGETEILT! IHR RISKIERT EURE ENTLASSUNG!

MIR DOCH EGAL! ICH BLEIB' DOCH NICHT AN EINEM ORT, WO SICH DIE AUFGEHÄNGTEN SELBER WIEDER ABHÄNGEN!

HÄM... HMM... EIN VORSCHLAG ZUR GÜTE!

WENN WIR ZURÜCK SIND, REDE ICH SOFORT MIT DEM CHEF! ICH BESTEHE DARAUF, DASS ER NOCH EIN PAAR LEUTE HERSCHICKT!

DARAUF BESTEHE ICH AUCH!

WENN HEUTE ABEND NOCH KEINE VERSTÄRKUNG DA IST... SCHALTEN WIR DEN LEUCHTTURM NICHT AN!!!

KURZ DARAUF...

UND NICHT VERGESSEN: KEINE VERSTÄRKUNG, KEIN LICHT!

NATÜRLICH KONNTE ICH KEINE VERSTÄRKUNG HINSCHICKEN!...DAS WÄRE GEGEN DIE VORSCHRIFT... TROTZDEM LEUCHTET ABENDS DAS LICHT- DIE MÄNNER HABEN EBEN PFLICHTBEWUSSTSEIN!
UND DIE POLIZEI? WAS HAT DIE UNTERNOMMEN?
HAT DEN LEUCHTTURM NOCH AM GLEICHEN TAG AUFGESUCHT! ERGEBNIS: NULL! DAS GEHEIMNIS BLEIBT VÖLLIG UNGEKLÄRT!
WIR WÜRDEN UNS GERNE SELBER DEN LEUCHTTURM ANSEHEN...UND DEM KÄPT'N DES SCHLEPPERS EINIGE FRAGEN STELLEN!
DIE „VAILLANT" LICHTET MORGEN UM FÜNF UHR FRÜH DEN ANKER, UM NEUE LEBENSMITTEL ZUM LEUCHTTURM ZU BRINGEN! ICH GEBE KAPITÄN KRÖGERMANN BESCHEID!
UND BITTE... SIE MÜSSEN DIE SACHE UNBEDINGT AUFKLÄREN! SEHEN SIE NUR, WAS DAS ZEITBILD ÜBER DIESE AFFÄRE SCHREIBT!...
ZEITBILD
LASTET AUF DEM LEUCH
VON SCHWENESAND EIN FL
GEHEIMNISVOLLE VORGÄNGE AUF DER
SIE KÖNNEN SICH VORSTELLEN: WENN DAS SO WEITERGEHT, FINDEN WIR ÜBERHAUPT KEINE LEUCHTTURMWÄRTER MEHR!
WIR WERDEN UNSER BESTES TUN, HERR BARTOLDI!
WIRKLICH EINE SEHR, SEHR MYSTERIÖSE GESCHICHTE!
MUSS ICH AUCH SAGEN! TOTE, DIE AUF WANDERSCHAFT GEHEN...LEUTE, DIE SICH ERST AUF- UND DANN WIEDER ABHÄNGEN...
ABER SICHER GIBT ES FÜR ALL DAS EINE NATÜRLICHE ERKLÄRUNG! UND WIR WERDEN SIE FINDEN!

ABER ZUERST EINEN KLEINEN ABSTECHER ZU INSPEKTOR SCHLÜTER, DER DEN FALL BEARBEITET!
HERINGSWERDER
VROMM
KURZ DARAUF BEI DER KRIMINALPOLIZEI VON HERINGSWERDER...
DEN BRIEF, DEN KRÄMER GESCHRIEBEN HAT...? KANN ICH IHNEN GERNE ZEIGEN!
INSPEKTOR SCHLÜTER
UND SIE SIND SICHER, DASS DAS WIRKLICH KRÄMERS HANDSCHRIFT IST...?
HUNDERTPROZENTIG SICHER!
DAS WAR SELBSTMORD...GLAUBEN SIE MIR!
TROTZDEM IRGENDWIE MERKWÜRDIG...
UND WAS MACHEN WIR JETZT?
NOCH SCHNELL WAS ESSEN... UND DANN SCHLAFEN! MORGEN GEHT'S FRÜH RAUS!
AM NÄCHSTEN MORGEN UM FÜNF UHR FRÜH...
DIE SEE- UND WETTERLAGE IST GÜNSTIG... WIR WERDEN DIESMAL DIREKT MIT DEM RETTUNGSBOOT AM TURM ANLEGEN KÖNNEN!
DLRG
BITTE SUCHEN SIE DIE RETTUNGSSTATION AUF
ZUR RETTUNGSSTATION
SIE HABEN ALSO VOR EINER WOCHE DEN TURM GRÜNDLICH DURCHSUCHT...?
NATÜRLICH... WIE ES WOHL JEDER AN MEINER STELLE GETAN HÄTTE!
UND DA IST IHNEN NICHTS BESONDERES AUFGEFALLEN...?
VON DEN VERSCHWUNDENEN LEICHEN ABGESEHEN... NEIN!
EINS FÄLLT MIR NOCH EIN... LÜDENSCHEIDT, EINER DER LEUCHTTURMWÄRTER, MEINTE, DIE LEICHE VON KRÄMER WÄRE NOCH WARM GEWESEN...
WÄHREND JANSEN SCHON KALT WAR, JA...?
KALT WIE DIESES METALL!
WILL

UND WÄHREND DIESER DURCHSUCHUNGSAKTION SIND SIE UND IHRE MÄNNER IMMER ALLE BEISAMMEN GEBLIEBEN...? JA... ALLE BEISAMMEN!	ABER MOMENT... LEUCHTTURMWÄRTER LÜDENSCHEIDT HAT DOCH DEN BRIEF VON KRÄMER ALLEINE ENTDECKT, JA...?	DA WAR ER EINEN MOMENT NICHT BEI UNS... ABER DAS WAREN WIRKLICH NUR SEKUNDEN...

DA IST DER LEUCHTTURM!

BOOTSMANN, SIE ÜBERNEHMEN DIE FÜHRUNG DES SCHIFFES!
GUT, KAPITÄN!

TUUUU

KAPITÄN, DAS IST JA GENAU WIE BEIM LETZTEN MAL! NIEMAND WARTET AUF DER PLATTFORM!
RUHIG, LUFTMOLCH! MALEN SIE LIEBER NICHT DEN SEETEUFEL AN DIE WAND!

IMMER NOCH NIEMAND!
TUUUUUU

SEHEN SIE VIELLEICHT JEMANDEN...? DAS GEFÄLLT MIR NICHT... DAS GEFÄLLT MIR GANZ UND GAR NICHT!	DAS GEFÄLLT MIR SOGAR ÜBERHAUPT NICHT!	ICH LASS' DAS BEIBOOT RUNTER! UND DANN WERDEN WIR...

WENIG SPÄTER...

HOCHWASSER, RUHIGE SEE... DA WERDEN WIR DIREKT AN DER PLATTFORM ANLEGEN KÖNNEN!

EINFACH UNGLAUBLICH, DASS GERTIG UND LÜDENSCHEIDT SICH NICHT SEHEN LASSEN!

GENAU WIE LETZTES MAL KRÄMER UND JANSEN...! ABER DIE HATTEN NATÜRLICH EINEN GUTEN GRUND DAFÜR... SIE WAREN TOT!

HM! NICHT VIEL LOS HIER, WIE?

LIEBER HERR PLATTE! MIR IST NICHT ZUM SCHERZEN ZUMUTE!

DIE TÜR ZUM LEUCHTTURM STEHT OFFEN!

BEI ALLEN...!

?

OH!

GERTIG UND LÜDENSCHEIDT!
IHRE... ÄH... HAUTFARBE...! DIE SIND BESTIMMT SCHON EINE WOCHE TOT!
NICHTS ANFASSEN!
EIN BRIEF!
Wir müssen unserem Leben ein Ende setzen... eine unbekannte Macht treibt uns dazu... Beschuldigt also niemanden unseres Todes.
Gertig und Lüdenscheidt
HM, HM... ALLES IN DRUCK-BUCHSTABEN GESCHRIEBEN...
DIESMAL HAT ES JEMAND ZU WEIT GETRIEBEN!
HARRY! HARRY!
WIR KRIEGEN BESUCH!
SIEH NUR!
WILL.

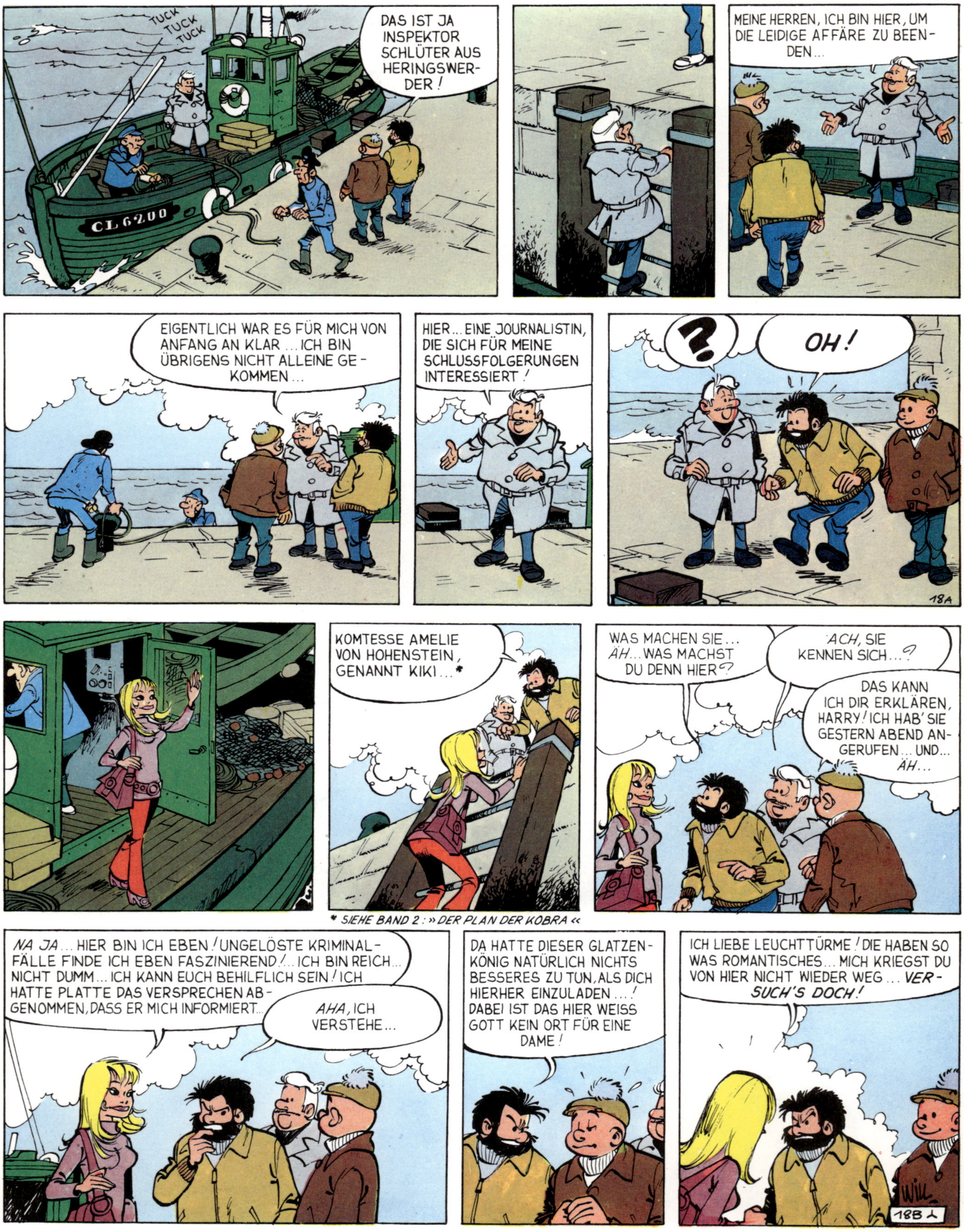
TUCK TUCK TUCK
CL 6200
DAS IST JA INSPEKTOR SCHLÜTER AUS HERINGSWERDER!
MEINE HERREN, ICH BIN HIER, UM DIE LEIDIGE AFFÄRE ZU BEENDEN...
EIGENTLICH WAR ES FÜR MICH VON ANFANG AN KLAR ... ICH BIN ÜBRIGENS NICHT ALLEINE GEKOMMEN...
HIER... EINE JOURNALISTIN, DIE SICH FÜR MEINE SCHLUSSFOLGERUNGEN INTERESSIERT!
?
OH!
KOMTESSE AMELIE VON HOHENSTEIN, GENANNT KIKI... *
WAS MACHEN SIE... ÄH... WAS MACHST DU DENN HIER?
ACH, SIE KENNEN SICH...?
DAS KANN ICH DIR ERKLÄREN, HARRY! ICH HAB' SIE GESTERN ABEND ANGERUFEN... UND... ÄH...
* SIEHE BAND 2: »DER PLAN DER KOBRA«
NA JA... HIER BIN ICH EBEN! UNGELÖSTE KRIMINALFÄLLE FINDE ICH EBEN FASZINIEREND!... ICH BIN REICH... NICHT DUMM... ICH KANN EUCH BEHILFLICH SEIN! ICH HATTE PLATTE DAS VERSPRECHEN ABGENOMMEN, DASS ER MICH INFORMIERT...
AHA, ICH VERSTEHE...
DA HATTE DIESER GLATZENKÖNIG NATÜRLICH NICHTS BESSERES ZU TUN, ALS DICH HIERHER EINZULADEN...! DABEI IST DAS HIER WEISS GOTT KEIN ORT FÜR EINE DAME!
ICH LIEBE LEUCHTTÜRME! DIE HABEN SO WAS ROMANTISCHES... MICH KRIEGST DU VON HIER NICHT WIEDER WEG... VERSUCH'S DOCH!
WILL

Panel 1:
— SCHREIEN SIE HIER NICHT SO RUM! SIND SIE JETZT JOURNALISTIN ODER NICHT?!
— SICHER BIN ICH JOURNALISTIN! SEIT ACHT TAGEN! SONDERREPORTERIN FÜR DAS „ZEITGEIST-MAGAZIN"! MEIN ERSTER GROSSER AUFTRAG!

Panel 2:
— GUT, MEHR WOLLTE ICH NICHT WISSEN!
— NA GUT, WENN SIE SCHON MAL HIER IST...!
— WIR WERDEN EIN... ÄH...EIN FLOTTES TRIO ABGEBEN!

Panel 3:
— ALSO, SCHREIBEN SIE MIT: ICH WEISS, WER KRÄMER UND JANSEN GETÖTET HAT... *ES IST LÜDENSCHEIDT!*

Panel 4:
— LÜDENSCHEIDT!
— LÜDENSCHEIDT?!
— SIE MEINTEN DOCH, DAS WÄRE SELBSTMORD GEWESEN!
— MAN KANN DOCH SEINE MEINUNG ÄNDERN, ODER? ICH HAB' RAUSGEKRIEGT, DASS LÜDENSCHEIDT KRACH MIT JANSEN HATTE...

Panel 5:
— UND VOR NEUN TAGEN HAT MAN GESEHEN, WIE ER MIT EINEM KLEINEN BOOT DEN HAFEN VERLIESS... DER REST IST KLAR! ER KOMMT ZUM LEUCHTTURM... BRENNEND VOR RACHEGELÜSTEN... UND ERDROSSELT JANSEN!

Panel 6:
— NATÜRLICH MUSS ER JETZT AUCH KRÄMER ERLEDIGEN! ER HÄNGT BEIDE AUF, DAMIT ES NACH EINEM GEMEINSAMEN SELBSTMORD AUSSIEHT, UND KEHRT AUFS FESTLAND ZURÜCK!

Panel 7:
— ABER ER BEFÜRCHTET, DASS MAN HERAUSFINDEN KÖNNTE, DASS SEINE OPFER VORHER ERDROSSELT WURDEN...

Panel 8:
— AM NÄCHSTEN TAG KOMMT ER ALS ABLÖSUNG OHNEHIN MIT DEN ANDEREN ZURÜCK! UND WÄHREND DIE DEN LEUCHTTURM DURCHSUCHEN, BLEIBT ER ALS EINZIGER UNTEN UND WIRFT DIE BEIDEN LEICHEN INS MEER!

Panel 9:
— DANN TUT ER SO, ALS HÄTTE ER EINEN ABSCHIEDSBRIEF GEFUNDEN... DEN ER NATÜRLICH SELBER GESCHRIEBEN HAT!
— ICH DACHTE, DIE SCHRIFT WÄRE EINDEUTIG KRÄMERS HANDSCHRIFT GEWESEN!

Panel 10:
— ACH, WAS WISSEN SCHON DIESE SCHRIFTSACHVERSTÄNDIGEN! — WO STECKT LÜDENSCHEIDT — ICH WILL IHN VERHAFTEN!
— IM LEUCHTTURM...

Panel 11:
— ABER LASSEN SIE SICH RUHIG ZEIT, ER KANN NICHT FLIEHEN... *ER IST NÄMLICH SEIT EINER WOCHE TOT!*
— !?

LÜDENSCHEIDT...? SEIT EINER WOCHE TOT...? DAS KANN DOCH NICHT...
NOCH EIN LEUCHTTURMWÄRTER TOT...?
NICHT EINER... BEIDE! SIND GENAUSO GESTORBEN WIE IHRE KOLLEGEN!
WIE SCHRECKLICH!
HAB' ICH DOCH GLEICH GESAGT! DIES IST KEIN AUFENTHALTSORT FÜR EINE DAME!
BAH! WAS SOLL'S! ALLES NUR EIN BEWEIS FÜR MEINE THEORIE!
PASSEN SIE AUF: DAS SCHLECHTE GEWISSEN QUÄLTE LÜDENSCHEIDT! ER SPRICHT IM SCHLAF, UND GERTIG ERFÄHRT VON SEINEM VERBRECHEN!
LÜDENSCHEIDT VERLIERT DIE NERVEN! ER TÖTET GERTIG UND HÄNGT SICH DANN SELBER AUF...
SIE FINDEN WOHL FÜR JEDEN FALL EINE LÖSUNG, WIE?
HABE SCHLIESSLICH 20 JAHRE BERUFSERFAHRUNG!
DANN ERKLÄREN SIE MIR DOCH BITTE EINES: DIE LEUCHTTURMWÄRTER SIND SEIT EINER WOCHE TOT...
TROTZDEM HAT DAS LICHT DES LEUCHTTURMS JEDE NACHT GELEUCHTET! UND DER TURM IST ALT... ER HAT KEINE AUTOMATIK!!!
?!
HM, NA JA... REGEN SIE SICH BLOSS NICHT AUF, ICH WERD' SCHON EINE ERKLÄRUNG FINDEN... ICH FAHRE ZURÜCK NACH HERINGSWERDER UND DENKE DARÜBER NACH...!
ABER SICHER WERDEN SIE EINE ERKLÄRUNG FINDEN... SIE LÖSEN ALLE IHRE FÄLLE AUSSCHLIESSLICH DURCH SCHARFES NACHDENKEN, JA...?!
WILL
20B

WENIG SPÄTER FAHREN DIE BEIDEN SCHIFFE ZUM HAFEN ZURÜCK... INSPEKTOR SCHLÜTER NIMMT AUCH DIE BEIDEN LEICHEN MIT...
TUCK TUCK TUCK TUCK
MARIE
DU WOLLTEST ALSO UNBEDINGT BLEIBEN...!
ABER SICHER! MIT MEINER LOGIK KANN ICH EUCH BESTIMMT NÜTZLICH SEIN!
DA IST WAS WAHRES DRAN!
DU UND DEIN DICKKOPF! ICH SPÜRE, HIER LAUERT GEFAHR, UND...
... UND WEIL DU MICH SO MAGST, BIST DU UM MICH BESORGT... NA, IHR WERDET MICH SCHON BESCHÜTZEN!
BEVOR DU DAS NÄCHSTE MAL ZUM TELEFONHÖRER GREIFST, FRAGST DU MICH UM ERLAUBNIS! IST DAS KLAR, PLATTE ?!
21A
EINIGE STUNDEN SPÄTER KOMMT DIE „VAILLANT" WIEDER ZUR LEUCHTTURMINSEL... INGENIEUR BARTOLDI WIRD ZUR ANLEGESTELLE GERUDERT...
ICH BIN SOFORT GEKOMMEN...!
SO EINE FURCHTBARE GESCHICHTE!... DASS DAS GERADE IN MEINEM BEREICH GESCHEHEN MUSS...!
KOMMEN SIE MIT! ICH MUSS IHNEN ETWAS ZEIGEN!
DIES IST SICHER DER AUFBEWAHRUNGSORT FÜR DIE TAUCHERAUSRÜSTUNG...?
JA! JEDER LEUCHTTURM HAT EINE... GEHÖRT SOZUSAGEN ZUR GRUNDAUSSTATTUNG... UND IST JA AUCH WICHTIG, WENN...
WILL 21B

SCHÖN! ABER WIR HABEN ALLES DURCHSUCHT... HIER IST NIRGENDS EINE TAUCHERAUSRÜSTUNG!
ABER DER TURM MUSS EINE HABEN!
HM... INTERESSANT! UND HIER HAB' ICH NOCH WAS INTERESSANTES!
DER BRIEF, DEN LÜDENSCHEIDT UND GERTIG HINTERLASSEN HABEN!
IN DRUCK-BUCHSTABEN GESCHRIEBEN...
ERINNERN SIE SICH: DER ERSTE BRIEF WAR IN KRÄMERS HAND-SCHRIFT GESCHRIEBEN...
UM DIESEN HIER ZU SCHREI-BEN, STAND DEM MÖRDER KRÄMERS HAND NICHT MEHR ZUR VERFÜGUNG... DESWEGEN HAT ER DEN BRIEF IN DRUCKBUCHSTA-BEN GESCHRIEBEN, UM NICHT GEFAHR ZU LAUFEN, DASS MAN IHN ANHAND SEINER HAND-SCHRIFT IDENTIFIZIEREN KANN!
ALSO DOCH... KEINE SELBST-MORDE, SONDERN... MORD!
ABER SICHER!
ICH HAB' AUCH SCHON EINEN VERDACHT, WIE ES ABGE-LAUFEN SEIN KÖNNTE... ABER KEINE AHNUNG, WARUM...
UND DA EINE TAUCHERAUSRÜSTUNG VERSCHWUN-DEN IST... NEHME ICH AN, DASS SICH DIESES WARUM AM EHESTEN AUF DEM MEERESGRUND AUFKLÄREN LÄSST!
LASSEN SIE MIR, WENN SIE ZURÜCK SIND, AUF DEM SCHNELLSTEN WEG EINEN TAUCHERAN-ZUG SCHICKEN!
WIE SIE WÜNSCHEN...! UND DER... DER VERBRECHER ?!
DEN SCHNAPP' ICH IHNEN, KEINE SORGE! WIR BLEIBEN NOCH EIN, ZWEI TAGE IM LEUCHTTURM... DANACH DÜRFTE DIE SACHE ERLEDIGT SEIN!
?
DANN WAR ES JA GUT, DASS ICH OBEN SCHON DIE BETTEN VORBEREITET HABE!

DARF ICH IHNEN UNSERE MITARBEITERIN VORSTELLEN: KOMTESSE AMELIE VON HOHENSTEIN!
EINE... ÄH... FRAU... HIER!?...
WARUM DENN NICHT? IRGEND JEMAND MUSS SICH JA UM DAS LEIBLICHE WOHL DER MÄNNER KÜMMERN... WAS KOCHEN UND SO ANGEHT...
ICH LASSE EUCH DREI NUR UNGERN HIER ALLEIN... ICH MEINE, NACH ALL DEM, WAS PASSIERT IST...
MACHEN SIE SICH NUR KEINE GEDANKEN!
WIR HABEN SCHON VIELES MITGEMACHT...! UND VERGESSEN SIE NICHT MEINEN TAUCHERANZUG!
MÜSSEN WIR WIRKLICH ZU DRITT ALLEIN HIER AUF DIESEM LEUCHTTURM BLEIBEN?
ABER JA DOCH! DER MÖRDER WIRD VERSUCHEN, UNS AUCH NOCH ZU ERLEDIGEN... DARAUF WARTE ICH!
DAS WAR DOCH WOHL EIN WITZ... ODER?!
23A
DU WILLST SAGEN, DASS SICH HIER JEMAND VERSTECKT HÄLT, DER VERSUCHEN WIRD, UNS ZU TÖTEN?
JA!
ABER KEINE SORGE, ER WIRD NATÜRLICH MIT DEM HELLSTEN KOPF ANFANGEN... SOLANGE ICH ALSO AM LEBEN BIN, HABT IHR NICHTS ZU BEFÜRCHTEN!
?
HE! DAS SOLL HEISSEN, DASS ICH DUMM BIN! ODER WAS... ODER WIE?
NICHT DOCH, PLATTE, NICHT DOCH... UND WO SOLL SICH DIESER GEHEIMNISVOLLE MÖRDER VERSTECKEN?
WEISS ICH NICHT, IST MIR AUCH EGAL... DOCH EINS STEHT FEST: IRGENDWANN MUSS ER JA AUS SEINEM VERSTECK HERVORKOMMEN...
KIKI BEREITET DEN BEIDEN ETWAS ZU ESSEN...
ICH HOFFE, ES SCHMECKT!
SCHMECKEN WIRD'S SCHON... ABER ICH HAB' IRGENDWIE KEINEN APPETIT...
WILL 23B

GEGEN NACHMITTAG KOMMT DIE „VAILLANT" UND BRINGT DEN TAUCHERANZUG ...
ALLES DABEI! AUCH SECHS SAUERSTOFF-FLASCHEN!
DANKE!
AN IHRER STELLE WÜRDE ICH ERST MORGEN TAUCHEN ... DANN IST DIE STRÖMUNG NICHT SO STARK!
UND SEIEN SIE VORSICHTIG ... IM LEUCHTTURM GIBT'S BESTIMMT NOCH GENUG SEIL FÜR DREI SCHÖNE GEHENKTE!
SCHLUCK!
ALSO, ICH WÜRD' JA LIEBER MIT EINER BRILLENSCHLANGE NÄCHTIGEN, ALS EINE NACHT AUF DIESEM LEUCHT-TURM ZUZUBRINGEN!
MIR GEHT'S NICHT ANDERS, LUFTMOLCH!
ICH HAB' 'NE IDEE ... WIR MÜSSEN ÜBERPRÜFEN ... GEHT IHR BITTE GANZ OBEN AUF DEN TURM ...
BEOBACHTET GENAU DIE PLATTFORM, UND VERSUCHT MITZUKRIEGEN, WAS ICH MACHE!
WIRD GEMACHT! WIR STEIGEN AUF!
ALSO IRGENDWAS BEUNRUHIGT MICH HIER GANZ FÜRCHTERLICH!
WENN DU RAUSKRIEGST, WAS ... SAG'S MIR NICHT! HAB' SCHWACHE NERVEN!
FÜNF SAUERSTOFFFLASCHEN SIND GENUG! EINE KANN ICH DER SACHE OPFERN!
WILL
24B

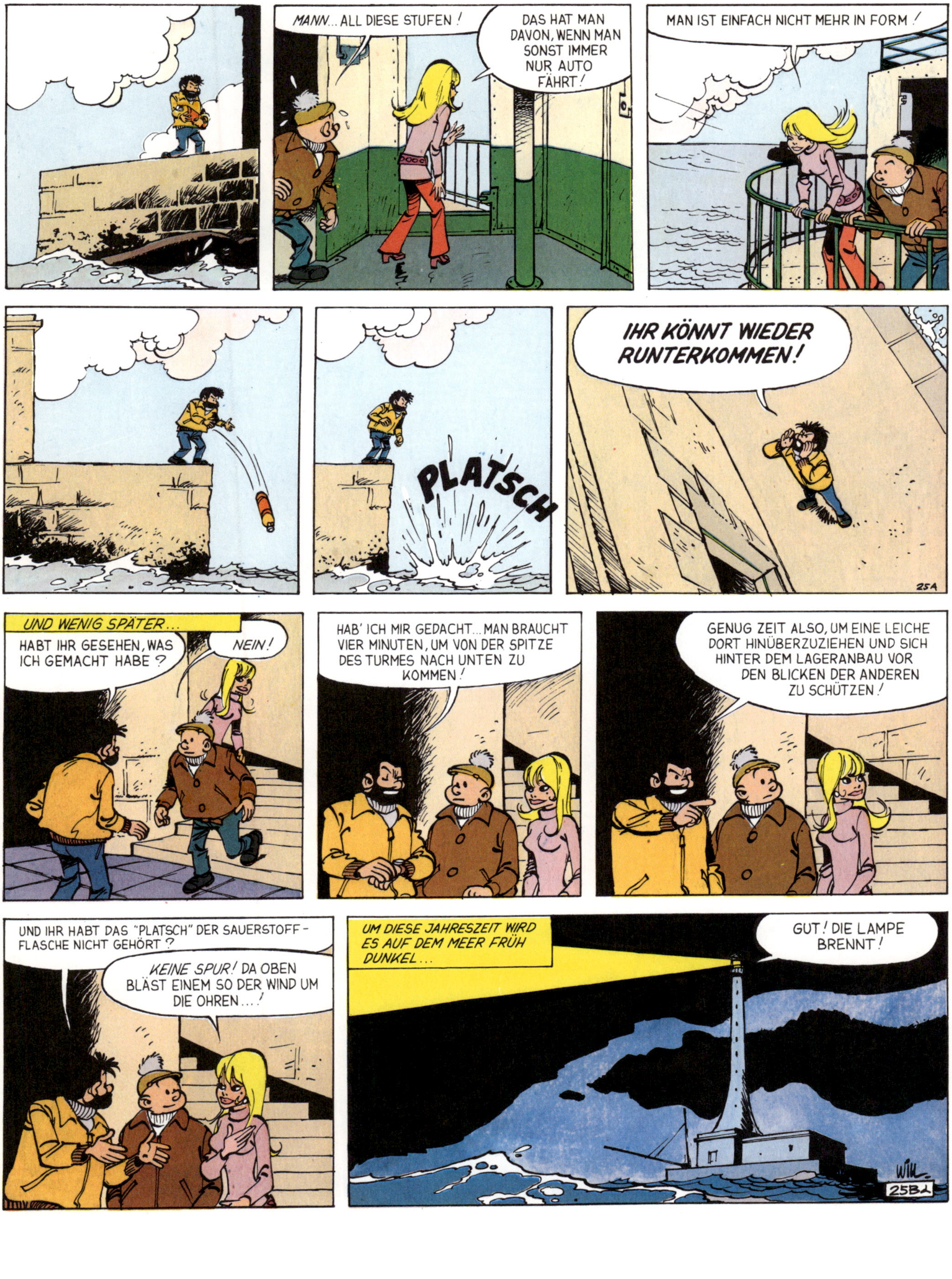
MANN... ALL DIESE STUFEN !
DAS HAT MAN DAVON, WENN MAN SONST IMMER NUR AUTO FÄHRT !
MAN IST EINFACH NICHT MEHR IN FORM !
PLATSCH
IHR KÖNNT WIEDER RUNTERKOMMEN !
25A
UND WENIG SPÄTER...
HABT IHR GESEHEN, WAS ICH GEMACHT HABE ?
NEIN !
HAB' ICH MIR GEDACHT... MAN BRAUCHT VIER MINUTEN, UM VON DER SPITZE DES TURMES NACH UNTEN ZU KOMMEN !
GENUG ZEIT ALSO, UM EINE LEICHE DORT HINÜBERZUZIEHEN UND SICH HINTER DEM LAGERANBAU VOR DEN BLICKEN DER ANDEREN ZU SCHÜTZEN !
UND IHR HABT DAS "PLATSCH" DER SAUERSTOFF-FLASCHE NICHT GEHÖRT ?
KEINE SPUR! DA OBEN BLÄST EINEM SO DER WIND UM DIE OHREN... !
UM DIESE JAHRESZEIT WIRD ES AUF DEM MEER FRÜH DUNKEL...
GUT ! DIE LAMPE BRENNT !
WILL
25B

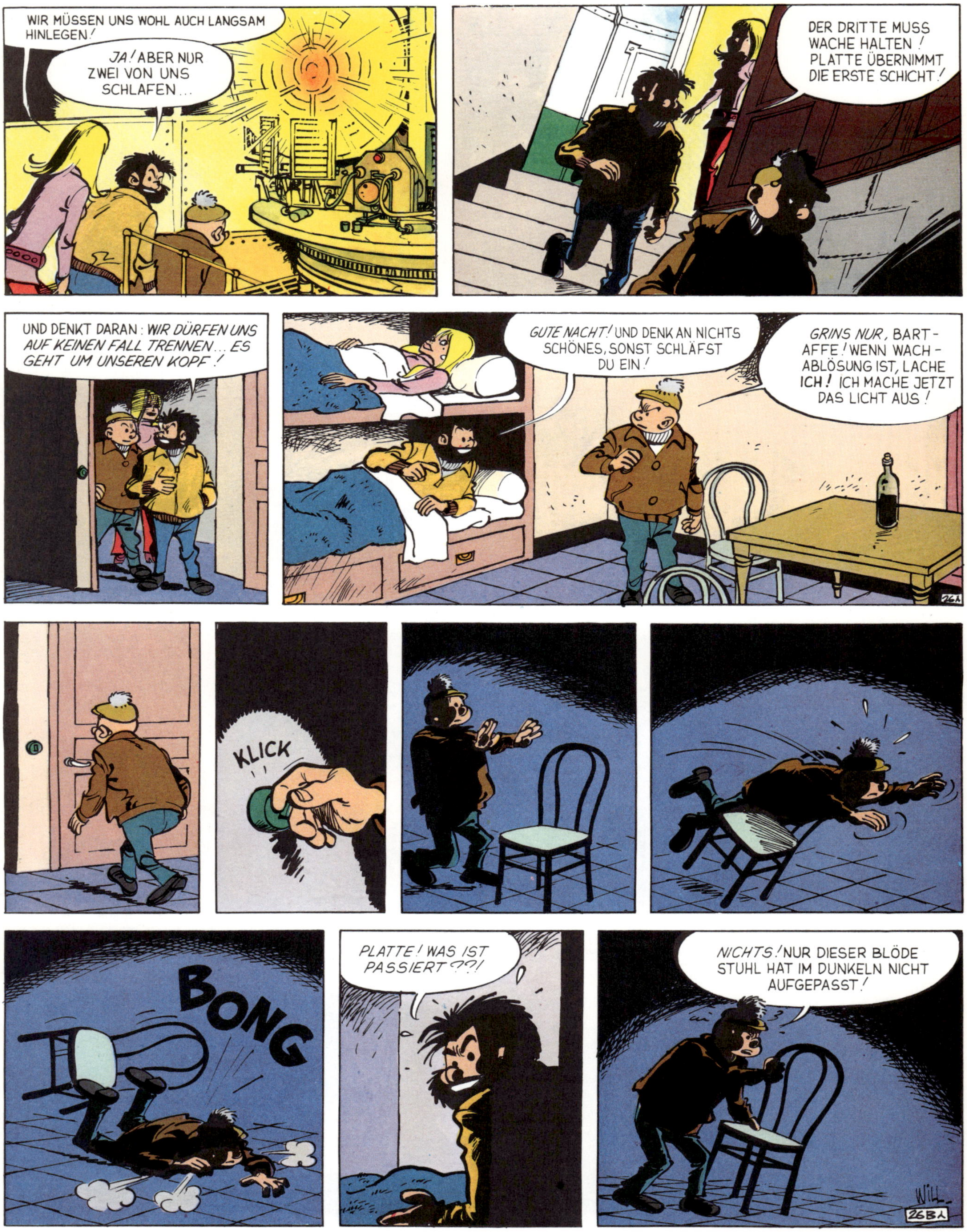
WIR MÜSSEN UNS WOHL AUCH LANGSAM HINLEGEN!
JA! ABER NUR ZWEI VON UNS SCHLAFEN...
DER DRITTE MUSS WACHE HALTEN! PLATTE ÜBERNIMMT DIE ERSTE SCHICHT!
UND DENKT DARAN: WIR DÜRFEN UNS AUF KEINEN FALL TRENNEN... ES GEHT UM UNSEREN KOPF!
GUTE NACHT! UND DENK AN NICHTS SCHÖNES, SONST SCHLÄFST DU EIN!
GRINS NUR, BART-AFFE! WENN WACH-ABLÖSUNG IST, LACHE ICH! ICH MACHE JETZT DAS LICHT AUS!
KLICK
BONG
PLATTE! WAS IST PASSIERT ??!
NICHTS! NUR DIESER BLÖDE STUHL HAT IM DUNKELN NICHT AUFGEPASST!
WILL

Panel	Text
1	MACH GEFÄLLIGST WENIGER LÄRM, JA? WIR WOLLEN SCHLAFEN! — JA, JA, JA!
2	UND NICHT MAL LESEN KANN ICH! IRGENDWIE EIN WITZ! DA IST MAN AUF 'NEM LEUCHTTURM UND KANN KEIN LICHT ANMACHEN!
3	DU WEISST DOCH, WIR WARTEN AUF JEMANDEN... UND DER WIRD EHER AKTIV, WENN ES DUNKEL IST! GUTE NACHT!
4	ZWEI STUNDEN SIND VERSTRICHEN... ZZZZZ
5	ALLES SCHEINT RUHIG ZU SEIN...
6	PLÖTZLICH, IM ANGEBAUTEN LAGERRAUM...
10	KRRR

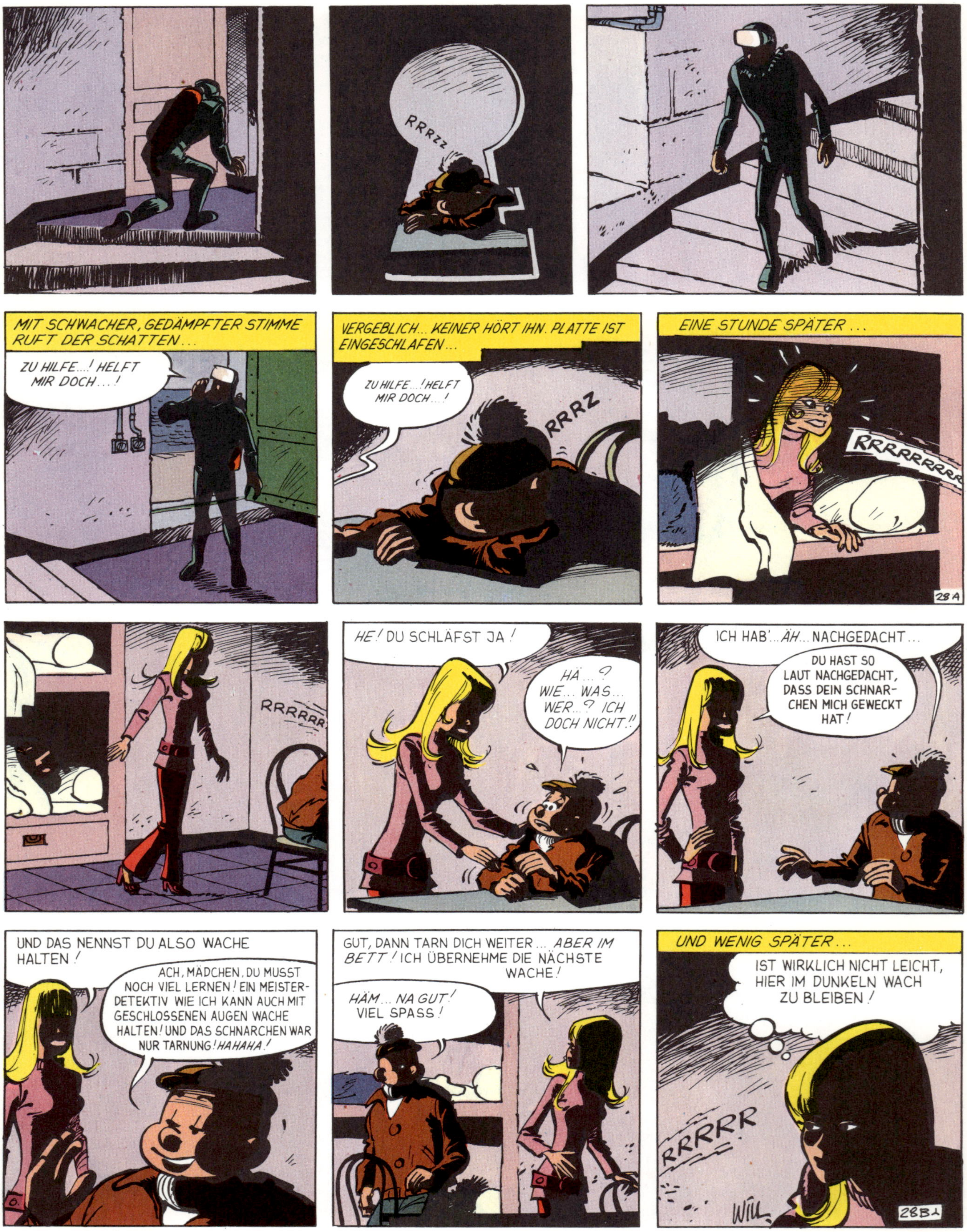
RRRzz
MIT SCHWACHER, GEDÄMPFTER STIMME RUFT DER SCHATTEN ...
ZU HILFE...! HELFT MIR DOCH...!
VERGEBLICH... KEINER HÖRT IHN. PLATTE IST EINGESCHLAFEN...
ZU HILFE...! HELFT MIR DOCH...!
RRRZ
EINE STUNDE SPÄTER ...
RRRRRRRRR
28 A
RRRRRR
HE! DU SCHLÄFST JA!
HÄ...? WIE... WAS... WER...? ICH DOCH NICHT!!
ICH HAB'...ÄH... NACHGEDACHT...
DU HAST SO LAUT NACHGEDACHT, DASS DEIN SCHNARCHEN MICH GEWECKT HAT!
UND DAS NENNST DU ALSO WACHE HALTEN!
ACH, MÄDCHEN, DU MUSST NOCH VIEL LERNEN! EIN MEISTERDETEKTIV WIE ICH KANN AUCH MIT GESCHLOSSENEN AUGEN WACHE HALTEN! UND DAS SCHNARCHEN WAR NUR TARNUNG! HAHAHA!
GUT, DANN TARN DICH WEITER... ABER IM BETT! ICH ÜBERNEHME DIE NÄCHSTE WACHE!
HÄM... NA GUT! VIEL SPASS!
UND WENIG SPÄTER ...
IST WIRKLICH NICHT LEICHT, HIER IM DUNKELN WACH ZU BLEIBEN!
RRRRR
WILL
28B2

ZU HILFE ! SO HELFT MIR DOCH ... !
?
ZU HILFE ... ! ZU HILFE ... !
HM ... JETZT KAM ES VON DRAUSSEN ...
ZU HILFE ... !
ZU HILFE ... !
WARUM HILFT MIR DENN KEINER ... ?!
WER RUFT DENN DA ... ?
ZU HILFE !!!
HIIILFEEE !!!
WA ... WAS IST DENN DA LOS ?!
DAS IST KIKIS STIMME !
HALTE DURCH, KIKI !!

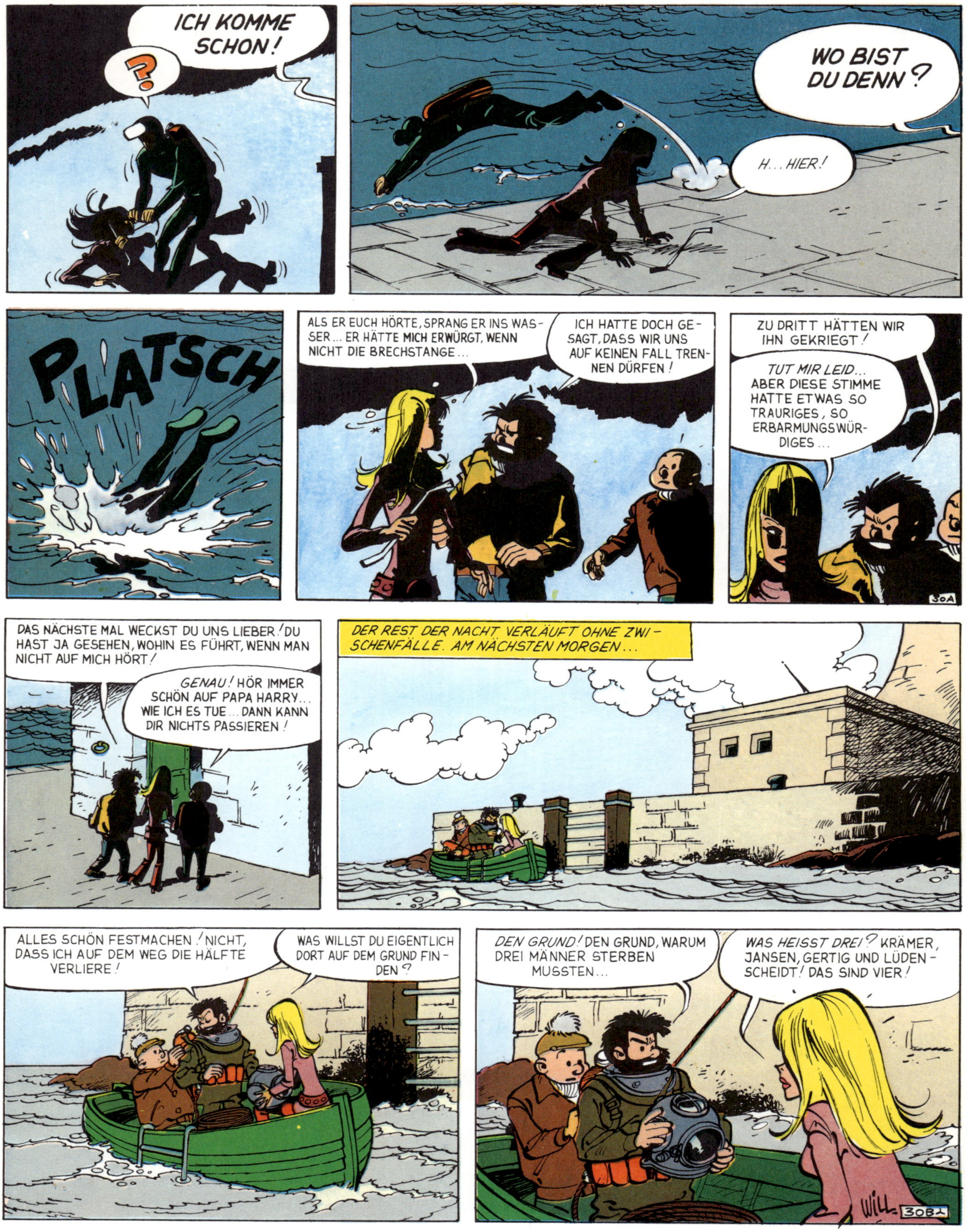
ICH KOMME SCHON!
?
WO BIST DU DENN?
H... HIER!
PLATSCH
ALS ER EUCH HÖRTE, SPRANG ER INS WASSER ... ER HÄTTE MICH ERWÜRGT, WENN NICHT DIE BRECHSTANGE ...
ICH HATTE DOCH GESAGT, DASS WIR UNS AUF KEINEN FALL TRENNEN DÜRFEN!
ZU DRITT HÄTTEN WIR IHN GEKRIEGT!
TUT MIR LEID... ABER DIESE STIMME HATTE ETWAS SO TRAURIGES, SO ERBARMUNGSWÜRDIGES ...
DAS NÄCHSTE MAL WECKST DU UNS LIEBER! DU HAST JA GESEHEN, WOHIN ES FÜHRT, WENN MAN NICHT AUF MICH HÖRT!
...GENAU! HÖR IMMER SCHÖN AUF PAPA HARRY... WIE ICH ES TUE... DANN KANN DIR NICHTS PASSIEREN!
DER REST DER NACHT VERLÄUFT OHNE ZWISCHENFÄLLE. AM NÄCHSTEN MORGEN ...
ALLES SCHÖN FESTMACHEN! NICHT, DASS ICH AUF DEM WEG DIE HÄLFTE VERLIERE!
WAS WILLST DU EIGENTLICH DORT AUF DEM GRUND FINDEN?
DEN GRUND! DEN GRUND, WARUM DREI MÄNNER STERBEN MUSSTEN...
WAS HEISST DREI? KRÄMER, JANSEN, GERTIG UND LÜDENSCHEIDT! DAS SIND VIER!
WILL

IRRTUM! KENNST DU DICH IN DER WELTLITERATUR AUS...? DIE DREI MUSKETIERE WAREN IN WIRKLICHKEIT VIER! ABER DIE VIER TOTEN VOM LEUCHTTURM SCHWENESAND SIND NUR DREI!... ICH ERKLÄR' EUCH SPÄTER ALLES WEITERE...
?!
SO, PLATTE, JETZT MACH DEN HELM FEST! UND PASS AUF, DASS DU MIR NICHT DEN BART EINKLEMMST!
UND DAS SEIL GUT FESTHALTEN! WENN ICH DREIMAL KURZ ZIEHE, HEISST DAS: ZIEHT MICH HOCH!
31A
LAUTER SAND UND SCHLAMM... ICH BIN HIER UNGEFÄHR UNTER DER WESTSEITE DES TURMES...
OHA! DA IST JA SCHON WAS VON DEM, WAS ICH GESUCHT HABE!
WILL
31B

EINE FÜNFTE LEICHE... ODER... GENAUER GESAGT... EINE VIERTE LEICHE...	VERSUCHEN WIR JETZT, DEN REST ZU FINDEN, DER ALLES ERKLÄRT...

ES MUSS NAHE BEI DEN RIFFEN DER LADEBRÜCKE SEIN!

...AUF JEDEN FALL NICHT WEIT VON HIER!

AHA!... HAB' ICH'S MIR DOCH GEDACHT!

EIN MOTORBOOT! LANGSAM LICHTET SICH DAS DUNKEL UM DEN FALL!

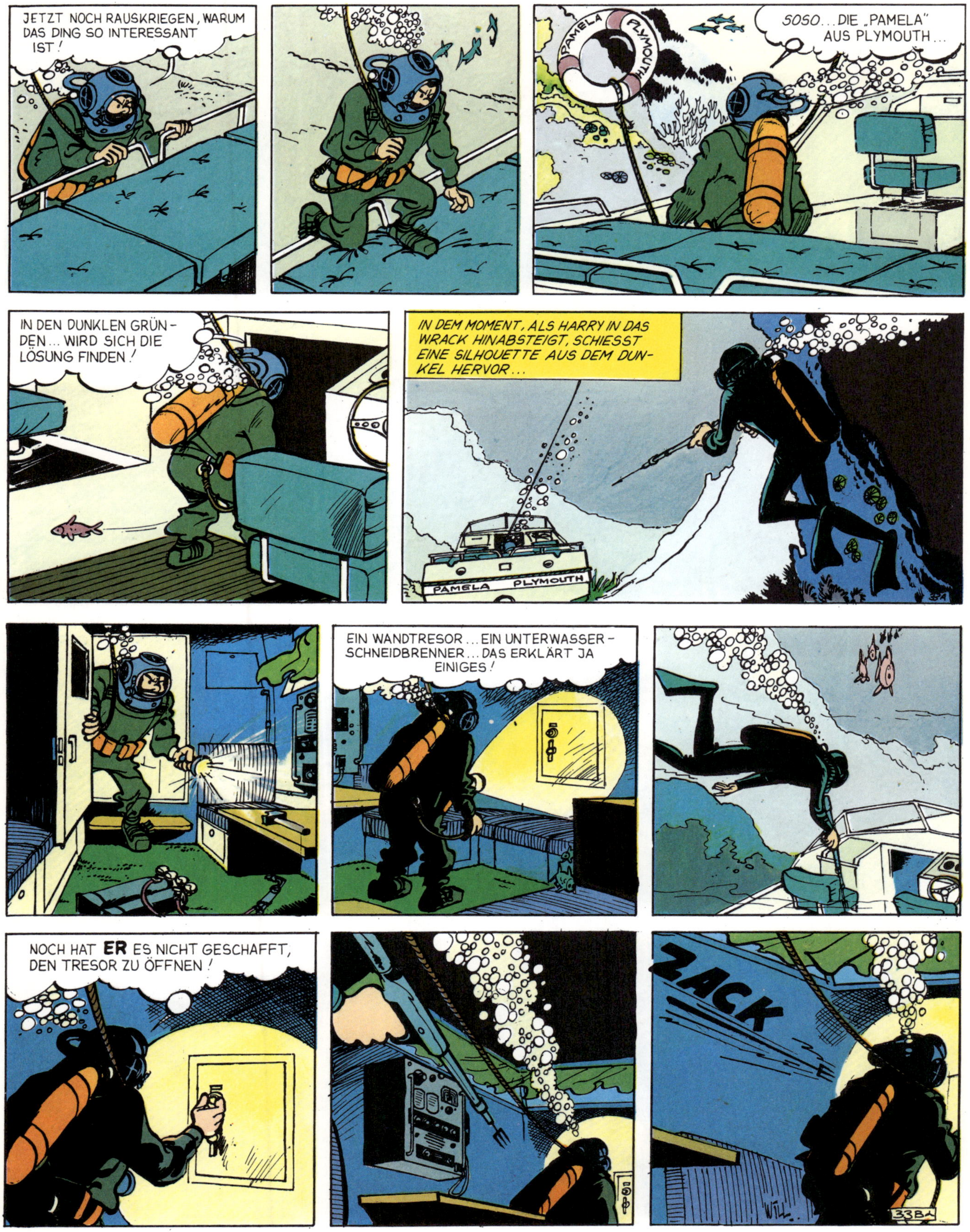
JETZT NOCH RAUSKRIEGEN, WARUM DAS DING SO INTERESSANT IST!
PAMELA PLYMOUTH
SOSO... DIE „PAMELA" AUS PLYMOUTH...
IN DEN DUNKLEN GRÜNDEN... WIRD SICH DIE LÖSUNG FINDEN!
IN DEM MOMENT, ALS HARRY IN DAS WRACK HINABSTEIGT, SCHIESST EINE SILHOUETTE AUS DEM DUNKEL HERVOR...
PAMELA PLYMOUTH
EIN WANDTRESOR... EIN UNTERWASSER-SCHNEIDBRENNER... DAS ERKLÄRT JA EINIGES!
NOCH HAT ER ES NICHT GESCHAFFT, DEN TRESOR ZU ÖFFNEN!
ZACK
WILL

BONG

ICH SITZE IN DER FALLE!... HAB' NICHT VIEL PLATZ, MICH ZU BEWEGEN!

DER KLEINSTE RISS IN MEINEM TAUCHERANZUG, UND AUS IST ES... UND DAS MIR, WO ICH IMMER SO KLUGE RATSCHLÄGE GEGEBEN HABE, VORSICHTIG ZU SEIN!

DER UNTERWASSER-SCHNEIDBRENNER! HE, WENN DIE GASFLASCHEN GEFÜLLT SIND... SIE **MÜSSEN** GEFÜLLT SEIN...!

IN FIEBERHAFTER EILE DREHT HARRY DEN GASHAHN AUF UND ÖFFNET DANN DAS VENTIL...

ES KLAPPT!

DER ANGREIFER ZUCKT ZURÜCK...

...DREHT SICH UM...

...UND VERLÄSST DIE KABINE...

IRGENDWANN MUSS ICH SCHLIESSLICH HIER RAUS... ABER ER WARTET WAHRSCHEINLICH DRAUSSEN AUF MICH...	DEN UNTERWASSER-SCHNEIDBRENNER BEHALTE ICH... DER IST MEINE EINZIGE CHANCE!	ZUR SICHERHEIT NEHME ICH MIR LIEBER DIE GASFLASCHEN MIT, UM...

?		

	DAS SEIL... ER HAT AM SEIL GEZERRT! WAHRSCHEINLICH HAT ER SICH NUR UNGESCHICKT BEWEGT... ER HAT DOCH GESAGT, ER ZIEHT DREIMAL, WENN ER NACH OBEN WILL!

TROTZDEM WÜRDE ICH GERN WISSEN, WAS UNTEN PASSIERT IST! GLAUB' ICH GERNE... NUR LEIDER, LEIDER BIST DU KEINE MEERJUNGFRAU!	HARRY BEFINDET SICH IN EINER LEBENSGEFÄHRLICHEN SITUATION... WENN ICH DEN GÜRTEL ABLEGEN KÖNNTE... ABER DAS GEHT NICHT!	MINUTEN VERGEHEN... SEINE SAUERSTOFFVORRÄTE GEHEN DEM ENDE ZU... MUSS... MIR IRGENDWAS EINFALLEN LASSEN... WENN ICH NICHT... ERSTICKEN WILL...

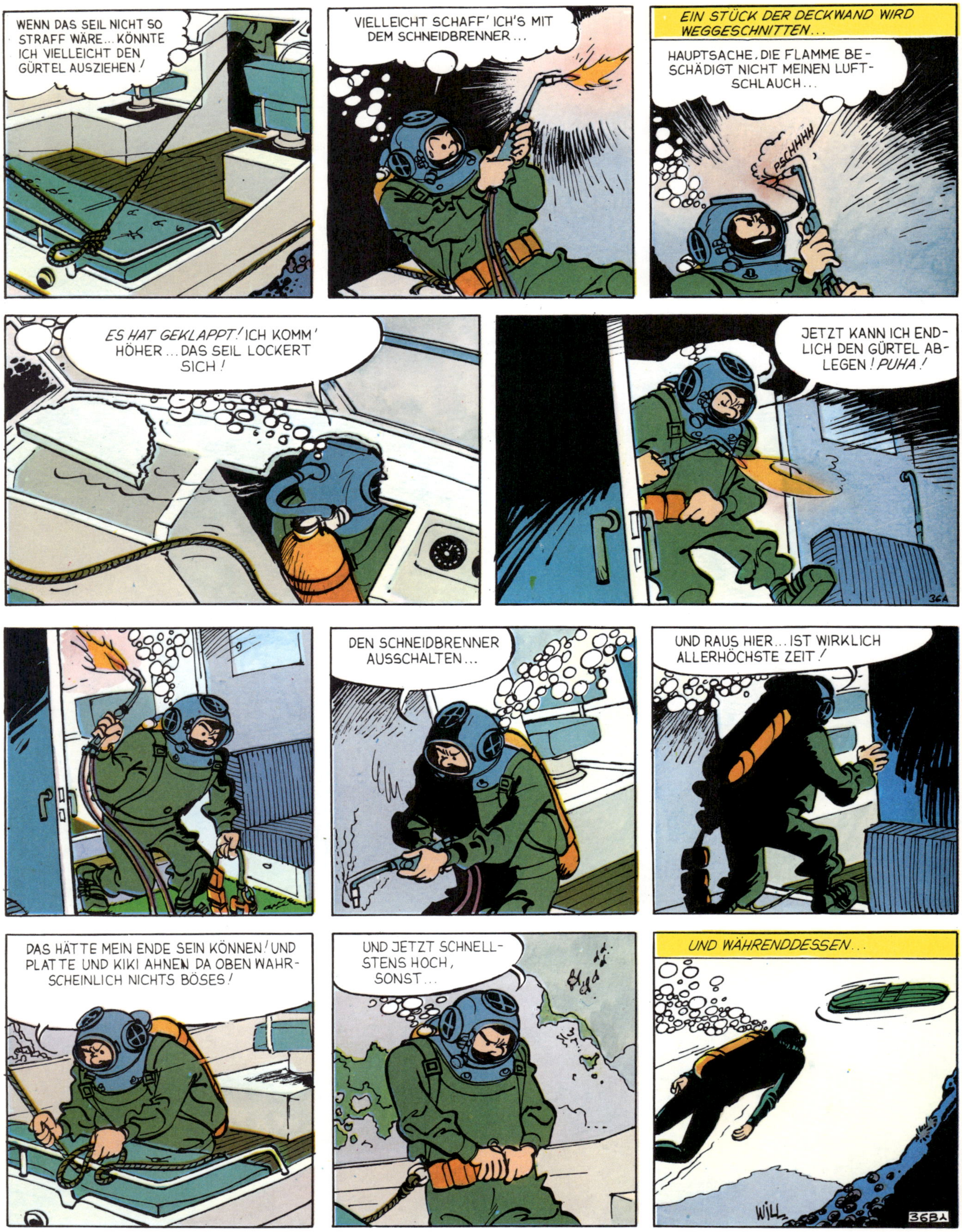

WENN DAS SEIL NICHT SO STRAFF WÄRE... KÖNNTE ICH VIELLEICHT DEN GÜRTEL AUSZIEHEN!
VIELLEICHT SCHAFF' ICH'S MIT DEM SCHNEIDBRENNER...
EIN STÜCK DER DECKWAND WIRD WEGGESCHNITTEN...
HAUPTSACHE, DIE FLAMME BESCHÄDIGT NICHT MEINEN LUFTSCHLAUCH...
PSCHHHH
ES HAT GEKLAPPT! ICH KOMM' HÖHER... DAS SEIL LOCKERT SICH!
JETZT KANN ICH ENDLICH DEN GÜRTEL ABLEGEN! PUHA!
36A
DEN SCHNEIDBRENNER AUSSCHALTEN...
UND RAUS HIER... IST WIRKLICH ALLERHÖCHSTE ZEIT!
DAS HÄTTE MEIN ENDE SEIN KÖNNEN! UND PLATTE UND KIKI AHNEN DA OBEN WAHRSCHEINLICH NICHTS BÖSES!
UND JETZT SCHNELLSTENS HOCH, SONST...
UND WÄHRENDDESSEN...
WILL
36B1

HARRY LÄSST SICH ABER VIEL ZEIT!
ER WIRD SCHON EINEN GRUND HABEN!
HEEEE...! ICH...
?
KIKI! WAS...?
PLATSCH
PLATSCH
OHNE TAUCHERMASKE KANN PLATTE NICHT VIEL ERKENNEN... ABER ES REICHT IHM, SICH IN DIE RICHTIGE RICHTUNG ZU BEWEGEN...
SIE WIRD ERTRINKEN ODER ERSTICKEN, WENN ICH IHR NICHT ZU HILFE KOMME...

PLATTE REISST DEN LUFTSCHLAUCH AB... DA MUSS DER GEHEIMNISVOLLE FROSCHMANN KIKI LOSLASSEN...
ABER ER GREIFT PLATTE AN...
GLUCK!
FFF
38 A
HIMMEL! WIE OFT SOLL ICH DENN NOCH ZIEHEN...?
DAS SIGNAL...!
SCHNELL!... ER MUSS UNBEDINGT PLATTE HELFEN!
?!
AHA! JETZT IST DER SCHUFT DORT ZUGANGE!
WILL
38B1

PLATTE!... MENSCH, BIN ICH FROH, DICH ZU SEHEN!

UND ICH ERST!

ER IST ENTWISCHT... ABER ICH HAB' WENIGSTENS EIN SOUVENIR!

WENIG SPÄTER...

DA UNTEN SIND ZWEI LEICHEN... DER LEUCHTTURMWÄRTER JANSEN UND EIN UNBEKANNTER! DAZU DAS MOTORBOOT DES UNBEKANNTEN, DIE „PAMELA"! BEIDE MÄNNER WURDEN ERMORDET!

EIN MOTORBOOT...?

JA... ES MUSS UNTERGEGANGEN SEIN, NACHDEM ES SICH HIER AN DEN KLIPPEN DEN „BAUCH" AUFGESCHLITZT HAT... DAS IST DER SCHLÜSSEL ZU DER GANZEN GESCHICHTE!

ES GIBT DA EINEN WANDTRESOR... UND FÜR DESSEN INHALT HAT JEMAND VIER MENSCHEN UMGEBRACHT!

JA... ABER WER?

DENKT DARÜBER NACH, IST GAR NICHT SO SCHWER... ICH BENACHRICHTIGE BARTOLDI ÜBER FUNK!

WÄHRENDDESSEN, IM UNTERBAU DES LEUCHTTURMS... IM INNEREN DES ALTEN PETROLEUMTANKS MACHT SICH DER UNBEKANNTE HEFTIGE SORGEN...

ALLES IST AUS! SIE WISSEN BESCHEID... JETZT KANN ICH NICHT MEHR HINGEHEN UND LEBENSMITTEL HOLEN...

MEINE SAUERSTOFFFLASCHEN SIND LEER... ICH STERBE VOR KÄLTE... SIE WERDEN DEN INHALT DES TRESORS RAUFHOLEN... UND ICH HAB' KEINE CHANCE MEHR DAVONZUKOMMEN!

ALS HARRY UND PLATTE DAS BOOT HERAUSBRACHTEN, VERSCHOBEN SIE EINE SCHWERE KISTE... UND DIE BLOCKIERT JETZT DEN AUSSTIEG!

SO EIN MIST... GEHT NICHT AUF...

NA BITTE! SIE SCHICKEN DEN SCHLEPPER UND EINEN KRAN, UM DAS MOTORBOOT ZU BERGEN!

WIR WISSEN JETZT, WER DER MÖRDER IST!

PRIMA!... UND JETZT ERWARTEN WIR IHN... ER MUSS NUN AKTIV WERDEN... GEHEN WIR HINAUS AUF DIE PLATTFORM...!

42

?
OH!
NICHT SCHON WIEDER!
SCHNELL! HELFT MIR, IHN RUNTERZUHOLEN!
SEIN HERZ SCHLÄGT NOCH! ICH HOFFE, ER ÜBERLEBT'S... HATTE WOHL EINGESEHEN, DASS ER ENDGÜLTIG VERLOREN HAT...
41A
DA LIEGT ER NUN... LEUCHTTURMWÄRTER KRÄMER! VIER MENSCHEN HAT ER AUF DEM GEWISSEN: EINEN UNBEKANNTEN UND SEINE DREI KOLLEGEN JANSEN, GERTIG UND LÜDENSCHEIDT!... HM, ICH GLAUBE, ICH MUSS IHN KÜNSTLICH BEATMEN...
KIKI, LEG IHM DIE DECKE UNTER DIE HÜFTEN!
PLATTE, DU FUNKST NOCH MAL BARTOLDI AN! SAG' IHM, DASS ALLES ERLEDIGT IST... UND ER SOLL DIE POLIZEI VERSTÄNDIGEN!
EINE STUNDE SPÄTER...
ER IST AUSSER LEBENSGEFAHR!
INSPEKTOR SCHLÜTER IST GLEICH DA!
DASS SIE MIR DAS NICHT NOCH MAL MACHEN! ICH MEINE, BEWEISSTÜCKE ZU UNTERSCHLAGEN... ICH REDE VOM BRIEF... DEM ZWEITEN!
PAH! ICH WUSSTE DOCH, DASS SIE BEI IHREN FÄHIGKEITEN DEN FALL AUCH OHNE DIESEN FETZEN PAPIER LÖSEN WÜRDEN!
Will
41B

AM NÄCHSTEN TAG WIRD DIE „PAMELA" GEBORGEN...

- BIN JA NEUGIERIG, WAS IM WANDTRESOR IST!
- ICH HABE NACHFORSCHUNGEN ANSTELLEN LASSEN! DIE „PAMELA" GEHÖRT EINEM ENGLÄNDER NAMENS VICTOR BLOOMHILL... EIN EHEMALIGER STUNTMAN, DER SCHON MEHRFACH WEGEN EINBRUCHS VERURTEILT WURDE!

AM SPÄTEN NACHMITTAG WIRD DAS MOTORBOOT LEERGEPUMPT...

DER TRESOR WIRD GEÖFFNET...

- EIN BEUTEL VOLLER DIAMANTEN!
- DU, PLATTE... DAS IST JA EIN WAHNSINNIGER ZUFALL... ICH WETTE, ICH WEISS, WOHER DIE DIAMANTEN KOMMEN!
- VERSTEHE! DU MEINST DEN EINBRUCH IN DIESEM JUWELIERLADEN IN LONDON!

- GENAU! STELL DIR VOR, DASS UNSER MOTORRADFAHRER DIESER VICTOR BLOOMHILL WAR...
- WIR HABEN UNS DOCH IMMER WIEDER GEFRAGT, WARUM ER SICH MIT SEINEM MOTORRAD EINFACH INS MEER GESTÜRZT HAT... JETZT HABEN WIR DIE ANTWORT!
- ES WAR ALLES INSZENIERT... DAMIT MAN GLAUBT, ER SEI TOT, UND DIE UNTERSUCHUNGEN EINGESTELLT WERDEN!
- SAGEN SIE'S, WENN ICH STÖRE!
- ABER ÜBERHAUPT NICHT! VERSTÄNDIGEN SIE INSPEKTOR FOSTER VON SCOTLAND YARD... WIR WERDEN IHNEN ALLES ERKLÄREN!
- UND MIR DOCH AUCH, HOFFE ICH!

ZWEI TAGE SPÄTER, BEI INGENIEUR BARTOLDI...

- NA, WER SAGT'S DENN! DER JUWELIER AUS LONDON HAT SEINE STÜCKE WIEDERERKANNT... DAMIT HÄTTEN WIR ZWEI FLIEGEN MIT EINER KLAPPE GESCHLAGEN!
- ALSO, SO WAS HÄTTE ICH VON KRÄMER NIE GEDACHT! TROTZDEM IST MIR DAS ALLES NOCH NICHT GANZ KLAR...
- IST DOCH GANZ EINFACH...

DIE „PAMELA" VERUNGLÜCKTE NAHE BEIM LEUCHTTURM. KRÄMER UND JANSEN BERGEN BLOOMHILL AUS DEN FLUTEN UND VERSORGEN DEN VERWUNDETEN...

KRACKS

IM FIEBERWAHN VERRÄT DER VERLETZTE ENGLÄNDER ALLES... HUNDERTTAUSEND PFUND IN DIAMANTEN...IM WANDTRESOR... OOOH...	HAST DU DAS GEHÖRT!!? DIAMANTEN FÜR HUNDERTTAUSEND PFUND!!	KRÄMER TÖTET BLOOMHILL UND JANSEN... DANN TAUCHT ER ZUM WRACK DER „PAMELA" HINUNTER UND STELLT FEST, DASS DIE SACHE NICHT EINFACH IST...	MAN MUSS DEN TRESOR MIT EINEM UNTERWASSER-SCHNEIDBRENNER ÖFFNEN, UND DER VON DER LEUCHTTURM-AUSRÜSTUNG IST KAPUTT... HINZU KOMMT DAS ANDAUERNDE SCHLECHTE WETTER...

ER REPARIERT DEN SCHNEIDBRENNER. UM DEN TRESOR ZU ÖFFNEN, WIRD ER NACH SEINEN SCHÄTZUNGEN ZEHN TAGE BRAUCHEN...

ABER DIE ABLÖSUNG KOMMT SCHON IN **DREI TAGEN**...

DIE LEICHE VON BLOOMHILL WIRFT ER INS WASSER, JANSENS LEICHE HÄNGT ER IM EINGANGSRAUM ZUM LEUCHTTURM AUF...

PLATSCH

ER SELBER HÄNGT SICH DANN IM WOHNRAUM AUF - NATÜRLICH NICHT WIRKLICH! DAS SEIL WIRD UNTER SEINEM KINN FESTGEKLEMMT, SO DASS ER NOCH ATMEN KANN...

DIE MÄNNER VON DER ABLÖSUNG FINDEN ZUERST DEN TOTEN JANSEN UND FOLGERN GANZ AUTOMATISCH, DASS AUCH KRÄMER TOT SEIN MUSS...

SCHLIESSLICH IST DA JA AUCH NOCH DER BRIEF, DER KEINEN ZWEIFEL AN EINEM SELBSTMORD AUFKOMMEN LÄSST...

KRÄMER WIRFT JANSEN INS MEER UND VERSTECKT SICH, WÄHREND DIE MÄNNER DEN LEUCHTTURM DURCHSUCHEN...

PLATSCH

SPÄTER TÖTET ER DANN GERTIG UND LÜDENSCHEIDT...FÜR IHN IST ES NATÜRLICH AM SICHERSTEN, AUCH IN DIESEM FALL ZWEI SELBSTMORDE VORZUTÄUSCHEN...

ER HOFFT, DEN SCHATZ VOR DER NÄCHSTEN WACHABLÖSUNG GEBORGEN ZU HABEN...

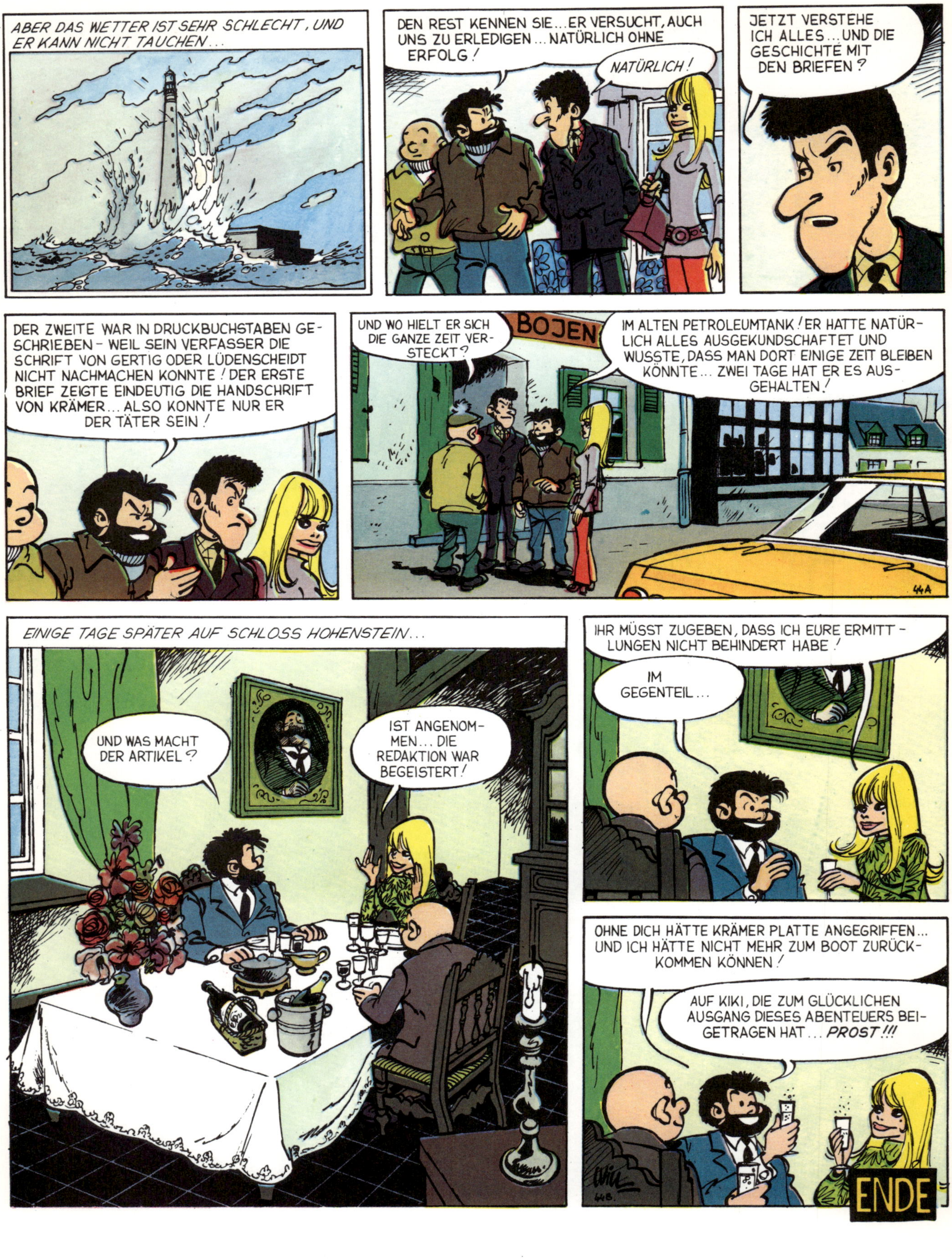
ABER DAS WETTER IST SEHR SCHLECHT, UND ER KANN NICHT TAUCHEN...
DEN REST KENNEN SIE... ER VERSUCHT, AUCH UNS ZU ERLEDIGEN... NATÜRLICH OHNE ERFOLG!
NATÜRLICH!
JETZT VERSTEHE ICH ALLES... UND DIE GESCHICHTE MIT DEN BRIEFEN?
DER ZWEITE WAR IN DRUCKBUCHSTABEN GESCHRIEBEN – WEIL SEIN VERFASSER DIE SCHRIFT VON GERTIG ODER LÜDENSCHEIDT NICHT NACHMACHEN KONNTE! DER ERSTE BRIEF ZEIGTE EINDEUTIG DIE HANDSCHRIFT VON KRÄMER... ALSO KONNTE NUR ER DER TÄTER SEIN!
UND WO HIELT ER SICH DIE GANZE ZEIT VERSTECKT?
BOJEN
IM ALTEN PETROLEUMTANK! ER HATTE NATÜRLICH ALLES AUSGEKUNDSCHAFTET UND WUSSTE, DASS MAN DORT EINIGE ZEIT BLEIBEN KÖNNTE... ZWEI TAGE HAT ER ES AUSGEHALTEN!
EINIGE TAGE SPÄTER AUF SCHLOSS HOHENSTEIN...
UND WAS MACHT DER ARTIKEL?
IST ANGENOMMEN... DIE REDAKTION WAR BEGEISTERT!
IHR MÜSST ZUGEBEN, DASS ICH EURE ERMITTLUNGEN NICHT BEHINDERT HABE!
IM GEGENTEIL...
OHNE DICH HÄTTE KRÄMER PLATTE ANGEGRIFFEN... UND ICH HÄTTE NICHT MEHR ZUM BOOT ZURÜCKKOMMEN KÖNNEN!
AUF KIKI, DIE ZUM GLÜCKLICHEN AUSGANG DIESES ABENTEUERS BEIGETRAGEN HAT... PROST!!!
ENDE

Carlsen Comics

Das bunte Programm

TIM UND STRUPPI
Tim, sein Hund Struppi, der immerzu fluchende Kapitän Haddock, die Detektive Schulze und Schultze, Professor Bienlein und die unnachahmliche Sängerin Castafiore – sie begeistern nun schon fast ein Menschenalter lang alle Leser „zwischen acht und achtzig"

Von Hergé.

GASTON
Mit seinen verrückten Einfällen und Erfindungen bringt der Bürobote Gaston die gesamte Belegschaft des Carlsen Verlages an den Rand des Wahnsinns. Gaston ist die größte Katastrophe, seit es Comics gibt.

Von André Franquin.

SPIROU UND FANTASIO
Nichts ist aufregender als ein Tag im Leben von Spirou und seinem Freund Fantasio. Dafür sorgt schon das Marsupilami, das gefleckte Wundertier mit dem unendlich langen Schwanz!

Von André Franquin und Jean-Claude Fournier.

ALFRED JODOCUS KWAK
Die große Comic-Serie nach der erfolgreichen Musikfabel von Herman van Veen!

Von Herman van Veen, Hans Bacher und Harald Siepermann.

SPIROU CLASSICS
Eine Liebhaberausgabe mit klassischen Spirou-Geschichten aus den 40er Jahren.

Von André Franquin.

DIE ABENTEUER DES MARSUPILAMIS
Der palumbianische Urwald, die Heimat des Marsupilamis, wurde noch von kaum einem Menschen betreten. Was das gelbe Wundertier mit dem neun Meter langen Schwanz hier erlebt, schildert diese neue Albumreihe.

Von Franquin, Greg und Batem.

CUBITUS
Cubitus, die gewichtige Hundepersönlichkeit, ist mit allen Wassern gewaschen, wenn es darum geht, seinen Herrn Bojenberg zur Verzweiflung zu bringen. Nur dem feisten Kater Paustian ist er nicht immer gewachsen...

Von Dupa.

YOKO TSUNO
Die japanische Elektronik-Spezialistin Yoko Tsuno und ihre Begleiter Vic und Knut erleben phantastische Abenteuer im Weltraum und auf der Erde.

Von Roger Leloup.

DER ROTE KORSAR
Schon sein Name bringt jeden Seemann der Sieben Weltmeere zum Erzittern. Zusammen mit seiner wilden Meute macht der Rote Korsar Jagd auf die Schätze von Edelleuten und Königen.

Von Jean-Michel Charlier und Victor Hubinon.

PERCY PICKWICK
Sehr „britisch" ist die Lebensart von Percy Pickwick, dem Geheimagenten Ihrer Majestät. Seinen gefährlichen Beruf bewältigt Pickwick mit viel Humor.

Von Turk, Bédu und de Groot.

PRINZ EISENHERZ
Hal Fosters gewaltiges Epos aus den Tagen König Arthurs erscheint in dieser Edition endlich als vollständige und originalgetreue Gesamtausgabe.

Von Hal Foster.

JEFF JORDAN
Jeff Jordan ist ein Privatdetektiv, dem kein Fall zu gefährlich ist. Ihm zur Seite stehen Teddy, ein ehemaliger „schwerer Junge" sowie der unnachahmliche Inspektor Stiesel.

Von Maurice Tillieux.

comicArt

Comics für Kenner

REISENDE IM WIND
Auf einem Sklavenschiff gelangt die Adlige Isabeau de Marnaye gegen Ende des 18. Jahrhunderts bis nach Afrika und wird dort mit der grausamen Realität des Menschenhandels konfrontiert.

Von François Bourgeon.

THORGAL
Der gefürchtete Wikinger-Krieger Thorgal erlebt dramatische Abenteuer in einer bizarren Welt der Magie und der Gefahren.

Von Jean van Hamme und Grzegorz Rosinski.

JOHN DIFOOL
Privatdetektiv John Difool, der Held dieser meisterhaften Science-Fiction-Serie, wird zur meistgesuchten Person des ganzen korrupten Planeten.

Von Jodorowsky und Moebius.

DIE VORSTADT-GANG
In der Pariser Vorstadt ist immer was los. Mit spritziger Feder hat Margerin die ausgeflippten Abenteuer einer Jugendgang aufgezeichnet.

Von Frank Margerin.

CORTO MALTESE
Corto Maltese ist ein Einzelgänger, ein Kapitän ohne Schiff. Er lebt in einer Welt, in der sich Realität, Magie und Phantasie ständig vermischen. Ein meisterhaftes Abenteuer-Epos!

Von Hugo Pratt.

DIE TÜRME VON BOS-MAURY
Diese brillante Serie erzählt die Geschichte des jungen Gereoy, der dem Folterkeller entrann und in eine ungewisse Zukunft unterwegs ist.

Von Hermann.

AUF DER SUCHE NACH DEM VOGEL DER ZEIT
Eine große Gefahr bedroht das Reich Akbar. Pelissa reist durch unzählige Gefahren, um den Vogel der Zeit zu suchen. Nur er kann Akbar retten...

Von Le Tendre und Loisel.

ALEF-THAU
Chaos herrscht auf dem Planeten Mu-Dhara, den der gefürchtete Ner Ramnus von seinem Raumschiff aus beherrscht. Ist Alef-Thau wirklich der Retter, von dem die Legende der Dharianer spricht?

Von Jodorowsky und Arno.

DIE HAIE VON LAGOS
Ein abenteuerlicher Report über die moderne Piraterie. Im Mittelpunkt steht Patrick Lambert, ein Weißer in einer schwarzen Welt. In seinem Kampf gibt es nur zwei Möglichkeiten: Reichtum oder Untergang!

Von Matthias Schultheiss.

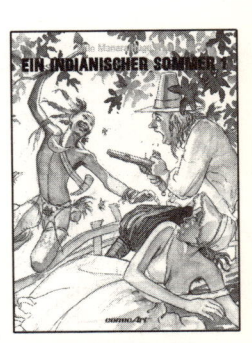

EIN INDIANISCHER SOMMER
Dieser meisterhafte, zweibändige Comic-Roman schildert die schicksalhaften Ereignisse um die Siedlung Neu-Kanaan Ende der 20er Jahre des 17. Jahrhunderts.

Von Hugo Pratt und Milo Manara.

DIE SPUREN DER GÖTTER
Im südamerikanischen Dschungel sucht eine Gruppe von Wissenschaftlern nach der „Quelle des ewigen Lebens". Doch zwischen den Rätseln der Vergangenheit stößt die Expedition auf die Spuren der Götter...

Von Birger und Rafael.

BILAL/CHRISTIN
Enki Bilal und Pierre Christin sind Meister der hintergründigen Polit-Fiktion. Mit einem Hauch Phantastik widmen sie sich in jedem Band einem neuen Thema unserer Wirklichkeit.

Von Pierre Christin und Enki Bilal.